文學與繪畫　文學與美學

together

譯介
綻放出懾人光彩的灰色童年

熊宗慧

《包心菜奇蹟》是俄羅斯女作家烏利茨卡婭與著名的藝術家、插畫家柳巴羅夫合作的圖文書，這兩位藝術家首次合作，結果是激盪出一本令人驚艷又愛不釋手的文學藝術品。

《包心菜奇蹟》收錄六個短篇故事，分別是《包心菜奇蹟》、《蠟製小鴨》、《嘟囔爺爺》、《釘子》、《幸運事件》和《紙的勝利》。六篇故事都非常簡單，然而柳巴羅夫的插畫卻賦予這些故事極為驚人的深刻性，強烈到足以喚醒人心底沉睡已久的童年記憶。

的確，這六篇獨立不相關的故事其實由一個主題串聯，即作者童年的回憶，而且是一九四九年作者六歲、尚未入小學以前的記憶：漫長陰暗的冬夜、購買包心菜的長長隊伍、收舊貨換玩具的老人、隔壁家頑劣又壞心眼的小孩、鄉下間四處可見的荒廢農舍，還有類似中國大宅院的大院建築……這些都是剛經歷過二戰創傷，仍處於史達林獨裁統治之下貧窮的俄國，更確切說是莫斯科的寫照。半個世紀過去了，這些不僅對台灣，就算對俄國七、八年級生而言也是完全陌生的景象，是早該遺忘的，但由於是作者最初的記憶，因之顯得格外清晰，讓這個原本應是凋蔽的灰色童年竟綻放出懾人的鮮明光彩。

儘管故事簡單，但情節張力飽滿，結局峰迴路轉，再加上烏利茨卡婭簡潔、細膩又溫馨的筆觸，讓人讀來愛不釋手。這樣的文字風格搭配上柳巴羅夫別樹一格的插畫，便產生極大的反差效果，即烏利茨卡婭的文字讓人處處感到熟悉，而柳巴羅夫的畫卻讓人覺得處處陌生，這種如夢似眞、既遠又近的情境從頭到尾一直陪著讀者，最終讓人忍不住潸然淚下，說是感動吧，不如說是因爲同樣也憶起童年，就好像托爾斯泰所說的「記憶就像是透過淚水望出去」，是那樣一種模糊又清晰的感受。

柳德蜜拉・烏利茨卡婭（L. Ulitskaya, 1943-），俄羅斯當代著名女作家，畢業於莫斯科大學生物系，長時間從事遺傳學工作，因受友人牽累而被迫離職，年近五十才更換工作跑道，轉而從事編劇與文學創作，不意竟在此獲得莫大的成功。

烏利茨卡婭創作的類型廣泛，小說、散文、評論、童書、兒童劇劇本她都樂於嘗試，與其他俄羅斯作家不同，烏利茨卡婭先在國外成名，之後才爲俄國讀者所熟悉。首部引起法國讀者熱烈迴響的，是她一九九二年的中篇小說《索涅奇卡》，以一名遭丈夫背叛，卻以寬容的態度面對婚變，甚至還接納丈夫情人的善良女子索涅奇卡的一生爲故事經緯，這部小說同時還獲得一九九六年法國梅迪西獎的年度最佳「翻譯小說獎」。另一部長篇力作《美狄亞和她的孩子》則是透過美狄亞和其家族成員間悲歡離合的故事，重現二十世紀百年間充滿動盪和災難的歷史，這部家族史詩又在義大利獲得文學獎。這兩部作品也都入圍了俄國最重要的文學獎俄語布克獎的決選名單，不過直到二〇〇一年作家才以長篇小說《庫科茨基醫生的病案》贏得俄語布克獎。烏利茨卡婭是現今俄國最受歡迎的女作家，其他重要作品還有《生活的藝術》、《喜喪》及《舒里克眞心祝福您》等。

烏利茨卡婭的小說有一個共通點，即人物是作品的核心，由對人的興趣再進一步探索這些人物的想法、觀念、情感和遭遇，換句話說，人就是烏利茨卡婭作品的中心價值，而不是任何抽象的思維概念或是意識型態。烏利茨卡婭大部分的作品已被翻譯成二十國語言，她是俄羅斯當代文學與女性主題文學的代表作家。

爲本書配插畫的弗拉基米爾・柳巴羅夫（V. Lyubarov），爲俄羅斯著名藝術家、插畫家，曾爲伏爾泰、拉伯雷和果戈里等作家的著作、總數達上百部的經典文學貢獻過自己的插畫；戈巴契夫改革時期他還與一群作家共同創立俄國當時第一家私人出版社「TEXT」。

如此活躍的城市藝術家生活卻在一九九二年發生劇烈轉變，柳巴羅夫出乎眾人意外在一處荒僻的鄉村買了棟小屋，開始過起純樸的鄉間生活，而那裡的一切也成爲他創作的素材。名爲《俄羅斯生活風景》的一系列畫作在歐洲獲得空前的成功，他也獲邀至比利時、德國、法國與瑞士做展覽。自一九九六年起他每年固定在莫斯科的藝術之家、練馬場展覽中心展出自己的畫作。俄羅斯博物館、特列季亞科夫畫廊以及歐洲其他國家的博物館也都收藏有柳巴羅夫的畫作。

柳巴羅夫的畫風非常奇特，甚至詭異，乍看之下，他畫作有點笨拙，似乎像初學畫的小孩，把人物側面的眼睛畫得跟正面一樣；又好像不會立體透視，也不會重疊技法，所以把平底鍋拉平翻正、鍋裡的魚排排躺在一起，互不干擾。再瞧一眼，怎麼畫裡的人物，不論男女老幼表情全都類似，既僵硬又不親切，有點醜，還帶點滑稽和愚蠢。這種平面式的風格、僵硬的表情，小孩像大人的模樣或許可以追溯到東正教聖像畫的影響，聖像畫一貫的特色就是意欲摒棄肉體的吸引，直達靈魂深度的境界，從這點來看，柳巴羅夫的畫可以說是聖像畫風格的俄羅斯浮世繪。

至於醜陋、愚蠢和滑稽，眞實人生不也是如此嗎？而細心的觀賞者當會注意到，柳巴羅夫描繪事物時，每一細節都別具匠心，在在顯露出畫家對筆下一物一景的眷顧與溫柔，這份感受即使在他冷調的用色上仍能具體傳達給觀賞者。

簡而言之，柳巴羅夫的畫具有一種穿透眞實的力量，並進而達到想像的境界。

書評

「《包心菜奇蹟》——一本通往夢境國度的圖文書。」

——伊格爾．迪莫夫，俄羅斯《書評》

「這本小巧玲瓏、只需花一位認眞讀者四十分鐘時間的書宛如一架個人時光機，帶領讀者回到進入小學前的歲月。」

——安娜．安德森，俄羅斯《新聞圖書室》

「《包心菜奇蹟》喚醒久已磨損的感覺並賦予新的力量。」

——安娜．安德森，俄羅斯《新聞圖書室》

「讀畢烏利茨卡婭的故事、觀賞完柳巴羅夫的插畫後，你彷彿聞到一股鳶尾花的後段穩定香味，同時開始翻箱倒櫃尋找自己童年的照片。」

——安娜・安德森，俄羅斯《新聞圖書室》

「烏利茨卡婭是當今最受俄羅斯讀者喜愛的作家之一。……而《包心菜奇蹟》則是作者個人最喜愛的作品。」

——揚・亞歷山德羅夫，俄羅斯《文學入口》

「柳巴羅夫的插畫將烏利茨卡婭單純的故事化爲寓意畫，並賦予它們驚人的深刻性。」

——揚・亞歷山德羅夫，《文學入口》

目錄

256

包心菜奇蹟

兩個小女孩，腳上一雙城裡人穿的橡膠鞋，身上按鄉下人的習慣用厚披肩裹住，朝著一個綠色的木板售貨亭走去，亭子前早已站滿一整排黑鴉鴉的隊伍，等著載運包心菜的貨車到來。

十一月底的早晨，天色已然微亮，但仍顯得晦暗陰鬱，在這片陰鬱中只有那些被濕氣浸透而呈暗紅色的沉重旗幟[1]顯得雀躍，這些旗幟從節日過後就一直掛著沒被收走。

兩個女孩中，較大的一個是六歲的杜霞，她緊纂住口袋裡一張破爛髒污的十盧布。給杜霞這十盧布的是伊帕齊耶娃老婆婆，姊妹倆住在她家裡已將近一年。至於較小的奧利佳，老婆婆塞進她手裡的是一只袋子——裝包心菜用。

「能拿多少就盡量拿。」老婆婆囑咐兩個女孩，「還要一公斤的胡蘿蔔。」

該是醃包心菜的時候了。對伊帕齊耶娃而言，拖一袋包心菜非常吃力，而且她的腳已經不太能走。何況，自從小女孩們住到她那裡後，她就習慣讓兩個小傢伙負責所有家事——這對她們來說，既輕鬆又不勉強。

伊帕齊耶娃老婆婆有個綽號，叫「母象」，兩個小女孩是在一九四五年底一個暴風雪的晚上，將近深夜的時候被送到她那裡。她們是老婆婆過世沒多久的姊姊的孫女，同時也是孤兒：父親死於戰場前線，母親在父親死後一年也跟著過世。鄰居阿姨將她倆帶到「母象」那兒，因爲她們沒別的親人。伊帕齊耶娃勉強留下兩姊妹，心中殊無喜悅之情。隔日早上，老婆婆一邊熱爐子上的粥，一邊碎碎唸：「送到我這兒來，眞是給我找麻煩……」

1 指蘇聯國旗

兩個女孩驚恐得相互依偎，低著頭用一個樣的圓眼睛不時瞄望老婆婆。

來投靠的第一週裡，兩姊妹誰也沒出聲。她們甚至彼此之間都沒說過一句話，唯一弄出的聲響是兩人抓頭髮撓癢時的沙沙聲。老婆婆也沉默不語，什麼都沒問，只是不斷考慮著：「要將她們留在自己身邊呢?還是交給孤兒院好?」

禮拜六，老婆婆帶著一只水盆、乾淨的內衣，還有事先在頭髮裡塗上除虱煤油的兩姊妹，叫她們到謝列茲涅夫街的澡堂去。女孩們在澡堂裡洗了個乾淨之後，伊帕齊耶娃才開始讓她們睡在自己的床上，在此之前，女孩一直睡在角落邊的床墊上。兩姊妹一躺下，很快便睡著了，伊帕齊耶娃則和女友克拉托娃繼續聊了很久。喝完茶，老婆婆說：

「老天保佑，就讓她們住下吧。或許，這兩個孩子在我年老時來到這兒，並不是偶然。」

女孩們似乎感到自己生活已經安定，兩人開始交談起來，之後，也和老婆婆聊起天，並親暱地喚她爲塔妮雅姨婆。生活了一段時日後，姊妹倆差不多習慣了新住所，也習慣了「母象」，只是仍無法和城裡小孩一起玩耍：這兩人不懂城裡孩子們的遊戲，對她們而言，待在屋子裡還比較有趣，像坐在縫紉機旁，聽機器不規則的敲擊聲，或是撿拾掉落在地面的碎布零頭：伊帕齊耶娃找了份裁縫工作——如果幸運的話，她還可能幫人做新衣，不過多數只是幫人修改或縫補衣服。

現在，兩姊妹一塊出去買包心菜，沿路上姊姊杜霞心裡思量著，究竟要在哪裡醃包心菜：家裡沒有包心菜發酵用的圓木桶。

在杜霞外套破了洞的口袋裡，除了那張十盧布外，還有一張從雜誌上撕下來的小圖片，上面繪著一個尖牙大齒、對著地圖一角掄起彎刀的黃皮膚日本人。

幫妹妹把鼻子擦乾淨後，杜霞把凍僵的手指放入口袋，還順道摸了一下那張捲成筒狀的十元盧布。

「都長這麼大了，連擦個鼻涕都不會。」——杜霞嘮叨的神情簡直和伊帕齊耶娃是同一個模子印出似的。她一面碎碎唸，一面又把手伸進口袋，她凍僵的手指沒觸到十盧布，反而把黃色日本人的圖片捲成筒狀。於是那張已經揉得皺軟的十盧布委屈地從口袋裡的破洞滑出，沿著馬路與一片片結了霜的黃褐色枯葉一塊飄揚而去。

姊妹倆站在不算長的隊伍後端。先前有幾個女人曾說到，包心菜可能不會運來，因此仍留下來排隊的人，都是最堅持的。其他人大概站個十分鐘，便紛紛離去，走之前還不忘丟下一句「會再回來」。站在隊伍裡的兩個女孩彼此緊貼，不停踏動著僵冷的雙腳——腳上膠鞋是別人送的，早已破損，完全無法保暖。

「應該穿氈靴才對。」杜霞說。

「可是貓咪在氈靴裡睡覺呀。」奧利佳回應。

兩人對話完畢，又陷入沉默。

四十分鐘後，一輛載著包心菜的卡車終於出現。包心菜從卡車運下又花了好長一段時間，這期間女孩們一直耐著性子等著開始販售包心菜。這兩個小傢伙的腦袋裡從未有過拿不到包心菜就離去的念頭。

終於，包心菜都卸下了，販售亭的綠色小窗打開，女菜販開始發售包心菜。瘦長的隊伍立刻腫大起來。無論有排隊或沒排隊的人，全都往前頭擠。兩個女孩漸漸被往後推，最後，被擠到隊伍的尾巴去。此時兩人早已冷得直打哆嗦。天氣一會下雨一會下雪，女孩們的披肩早已溼透，但勉強還能保暖，只是腳已經徹底凍僵。午飯時間已到，女孩們好不容易挨近小窗口，就在這當兒，女菜販把窗口關上。

站在貨攤旁的一位大嬸抱怨起來：

「才剛做生意，怎麼就關門？」

女菜販朝她大喝一聲：

「午飯時間哪！」講完轉身就走。

又過去一個小時。陽光開始減弱。天空下起那種眞正的、大團綿絮的雪。雪覆蓋了人們微駝的背、房舍的屋脊，還有那一堆淡青色、看起來很堅毅的包心菜。四周的陰暗由於雪潔白的顏色反倒顯得愉悅些，甚至更明亮了點。

女菜販回來了，她把包心菜發給站在女孩前面的那位大嬸，這時杜霞趕緊從口袋裡拿出寶貝的紙捲，把它打開——但那卻不是十塊錢，而是有日本人的圖片。杜霞再摸索口袋一番，可是什麼也沒有。一陣恐懼襲上心頭。

「阿姨！我錢掉啦！」她大叫。「路上掉的！我不是故意的！」

臉頰紅通通的女菜販裹著一堆衣服，活像顆包心菜似的，從自己的小窗口往下瞧，看了看杜霞，然後說：

「趕快用跑的回家！向媽媽要錢再來，妳可以不用排隊就來買包心菜。」

但是杜霞沒有移動腳步。

「我口袋裡有個洞！我不是故意掉錢的！」杜霞哭道。

小奧利佳明白她倆身上發生了不幸，也跟著嚎啕大哭。

「去去去，找找看，或許會在路上找到。」隊伍裡一位臉色黝黑的女人建議。

「那還用說，當然找得到囉。」另一位獨眼老人嗤鼻說道。

「不要在這裡耽誤時間，講些沒用的話！欸，小女孩，站一邊去！」隊伍中不知名的第三者冒出這一句話。

兩個女孩垂頭喪氣，照鄉下人的習慣把披肩裹緊身子，往回家的路上走去。一路上她倆不是用腳踢弄著混著髒葉的雪團，就是俯下身子，用凍得發白的手指往結冰的透明漩渦裡翻挖一陣。然後姊姊像大人那樣，哀淒地哭訴起來：

「苦呀！我們現在該怎麼辦哪！她會把我們趕出去的，我們又該往哪裡去呀！」

小奧利佳也扁起自己的三角嘴，重複姊姊的話：

「該往哪去呀……」

天黑了。兩人把袋子覆蓋在肩上，拖著步伐慢慢踱回家。機靈的杜霞還是一直動腦筋，想著該怎麼將這事告訴伊帕齊耶娃，才不會被她毒打一頓，或者，比這更糟，被她趕出去……說錢被偷了，被搶了，還是用其他理由？總之對杜霞來說，要她說出「錢掉了」這句話簡直不可能。

奧利佳還是不斷地抽噎著。她們走到路的轉彎處，停下腳步打算過馬路：杜霞還是有鄉下女孩面對車子時的那種膽怯。就在這時，一輛貨車朝她們疾馳而來，打亮的頭燈把一塊斜橫在車前方的石板照得發光。女孩們站在原地不動。而貨車，沒有減速，來了個急轉彎，車上的貨物在路燈映照下泛出淡青色的光——原來高高堆疊在貨車欄板裡的是包心菜。貨車搖搖晃晃地駛過兩姊妹身邊，忽地加速往前衝，車上有兩顆大包心菜因衝力而飛出，掉落在女孩們的腳邊。這兩顆菜碰到路面發出「砰」的聲響。其中一顆裂成兩半，另一顆在地上連蹦帶跳地滾到奧利佳腳邊停住。

這對姊妹互看了一眼——一雙充滿驚訝的淺藍色眼珠盯著另外一雙同樣充滿驚訝的淺藍色眼珠。她們趕緊拿下肩上的袋子，把那顆完整的包心菜，連同裂成兩半的另一顆都塞進去。可是杜霞沒辦法把袋子扛到肩上，因爲實在太重。於是她倆各抓著袋口一角。機靈的杜霞還將一個硬紙盒墊在袋子下，如此一來兩人便可以拖著袋子走……

伊帕齊耶娃不在家。她坐在克拉托娃家裡，嗚咽啜泣著，用一條剪歪的碎布擦拭眼淚：

「舒拉，妳想想，我跑到售貨亭去看了兩次……不見了，我的女孩們不見了……是吉普賽人，還是誰把她們給帶走了……」

「唉呀，會找到的，誰會要她們呢？妳自己想想吧！」克拉托娃安慰她一番。

「這眞是一對乖女孩呀！那麼好，那麼貼心……沒有我她們該怎麼辦呀？而我，而我沒有她們又該怎麼辦哪？」伊帕齊耶娃簡直心碎了，把那條溼透的髒布揉得皺巴巴的。

而此時回到家的女孩們在黑暗中將包心菜擺上桌，跟著，沒脫下外衣便往椅子上坐，兩人就在無言的沉默中等待……

ОДЕЖДА

蠟製小鴨

總是在夏天，差不多是每個星期天的時候，老羅吉雍都會出現。每次他都和一輛由一匹瘦骨嶙峋的大馬所拉的推車一起前來。他先把推車停在住戶前的院子中央，然後聲音宏亮地喊：

「收舊貨喲！」

這句「收舊貨喲」就好像歌曲裡的副歌部分，因爲接著他會唱得更長：

「骨頭喲、抹布喲、紙張喲、舊餐具喲，統統都收哪！」

最先跑出來圍住他的總是小孩子。

羅吉雍推車的後方堆放著小山一般的舊貨——有折歪壓扁了的茶炊管、半截長統靴，就連開過用完的罐頭，老頭子都不嫌棄。另外，在這推車的前方還擺放著一個合板箱。

每當羅吉雍把這口箱子打開，所有小孩都是屏住了呼吸。因爲箱子裡擺滿了各種奇珍異寶：一個薄薄的硬紙盒裡塞滿了鑲著紅色和綠色小石頭的耳環，紙盒旁的水果糖罐裡散亂地堆放著小戒指，鼓成膨鬆一堆、微微透明的彩色蠟鴨，還有發出刺眼光芒的大玻璃球，球裡頭有魚兒和天鵝莊嚴地游來游去。此外，縫在紙片上的釦子和色彩繽紛的一綹綹細繩線在五月豔陽的映照下也發出熠熠光芒。

瓦莉卡・波布洛娃一直緊靠在推車旁，直到展示結束前，一步也不離開。她沒有任何東西可以拿來給羅吉雍交換。去年，有一回，她把母親的一條頭巾拿給羅吉雍時，正巧被姊姊寧卡瞧見，趕緊把東西給搶回來，還打了瓦莉卡一頓。之後，瓦莉卡的娘也補了一頓打。

瓦莉卡就這麼著站在推車旁，熱切地審視一件件寶貝，心裡盤算著如果可能的話，她該選些什麼……對大型的物件，譬如說像是玻璃球之類的，她並不去注意，因爲那只是白白浪費精神。她決定在一只綠石戒指與一隻蠟製小鴨之間作選擇。那隻小鴨子有點折損，一邊翅膀有壓凹的痕跡。另外她還很喜歡頂針——兒童用的小頂針，它是唯一一隻與針黹和鈕扣放在盒子裡的頂針。

舊貨交易進行得並不熱絡。先是來了瑪露霞阿姨，帶著一只底部破了個洞的錫鍋。她要求用這只鍋和羅吉雍交換一包針黹。羅吉雍卻只給了她一根針，瑪露霞阿姨一邊罵他是貪心的人，一邊走回自己住的「側廂房」，這部份的房子在戰前僅住了克雷洛夫一家人，現在則住進了五戶人家。

彼契卡．拉祖瓦耶夫帶來一件舊大衣，但羅吉雍並沒有接受，他說：「你老子非將你耳朵擰掉不可！這點我絕對相信。」

沙什卡・莫洛金帶來三隻橡膠鞋套，這是他在五月的節日裡，待遊行過後將它們收集好，並一直保存著等羅吉雍到來。沙什卡想要一個有天鵝游來游去的玻璃球，雖然最後只換得了一個黏在橡皮上的紙球，粉紅黃的紙球，但他仍覺得滿意。

沙什卡之後來的是舒爾卡・土羅克，一個成熟的年輕人，他在羅吉雍耳邊悄聲說了些話，羅吉雍則點了點頭。舒爾卡是這一區宅院裡的小偷，這事大家都知道，但他非常機靈，誰也沒有抓到過他。

埃戈羅娃老婆婆帶來一件棉被。她的房間失火過，火最後滅了，但被子卻也燒壞。老婆婆埃戈羅娃想用燒剩的被子向羅吉雍要求十顆黑色的大鈕扣，可他覺得不值得。兩個人討價還價了很久，最後老婆婆失望地空手離去。

瓦莉卡・波布洛娃瞪大眼睛，把看到的一切都記住。她的記憶力驚人：誰帶了什麼東西來找過羅吉雍，又用了什麼東西交換了什麼，所有這一切她可以牢記一輩子。

羅吉雍關上百寶箱，圍觀者也陸續散去。瓦莉卡跟往常一樣，要撐到最後一刻才肯離開。這一次的交易沒有什麼特別教人驚奇的事情發生，宅院裡增加的那一顆紙球，是瓦莉卡絕對不會想要的東西，還有那根針也是。

羅吉雍不疾不徐地繞了推車一圈，然後拍了拍馬兒。這時不知是誰，恰巧把院裡頭的綠色大門給關上了。

「欸，開門哪！」羅吉雍對瓦莉卡叫著，她一個箭步衝上前去把門打開。待羅吉雍走到外頭鵝卵石大街時，瓦莉卡還一直站在大門旁，念念不忘那隻翅膀壓凹了的小鴨子。

這時，瑪特蓮娜・克留耶娃阿姨走出來，拿著擦腳墊往圍牆拍打，一陣黑雲般的灰塵跟著揚起。突然間，房裡傳來孩子刺耳的叫聲，瑪特蓮娜趕忙扔下手邊的擦腳墊，轉身回屋子裡去。爐子上正燒著一鍋水要消毒內衣，而她把小謝爾蓋一個人留在那裡，擔心小孩因此給燙傷了。

看著瑪特蓮娜回到屋內，瓦莉卡的心頭突然被一股強烈的決心和寒意給襲捲。她像彈簧般悄沒聲息地走近圍牆，毫不遲疑地一把抓住擦腳墊，轉身就向羅吉雍追去。這時他已經走到鄰院去了，在那裡同樣喊著「收舊貨喲」。

瓦莉卡十分敏捷地從鄰院小孩堆裡擠到羅吉雍面前，把擦腳墊遞給他。

「咦，妳終於想到要用什麼東西來交換了呀。」羅吉雍嘟囔著，慢吞吞地用手指摸了摸擦腳墊，就丟到推車後頭去了。

瓦莉卡想要一隻小鴨，但怎麼樣都說不出口。羅吉雍看也不看地將手伸進箱裡，粗大的手指從裡頭摸出一隻壓凹了的小鴨，再放到瓦莉卡的手裡。瓦莉卡將鴨子藏在兩隻手掌間，沉默地往回走去。之前的寒意和決心現在已完全不見蹤影，換成心臟猛烈地跳動，而且非常口渴。在回家的路上她只惦記著一件事——該將鴨子藏在哪好……

兩年後瓦莉卡進了小學，她的天賦同時也被挖掘出來：她那營養不良的身軀展現罕見的靈巧與敏捷。一開始，先鋒隊之家的教練叫瓦莉卡到體操隊去，之後又轉到體育學校。她參加許多大型競賽，到其他城市集訓，很快地，瓦莉卡就成爲一名出色的運動員，之後更揚名於全世界。

每一次出場比賽前，瓦莉卡的心頭都會被一股強烈的決心和寒意所侵襲，而她也總會想起那隻柔軟的、翅膀折凹了的蠟製小鴨，那隻很久以前在她灼熱掌心中融化了的小鴨。

嘟囔爺爺

曾祖父把大家庭裡的每一位女人，從媳婦開始到曾孫女季娜都喚作「好女兒」，把所有男丁都叫做「好兒子」，唯一的例外是長子吉奧爾吉，曾祖父總是用全名來稱呼他。

曾祖父在生前的最後幾年裡幾乎全盲，能夠分辨的只有白天和黑夜：他用看窗戶和燃亮的燈光來做判斷。雖然閱讀這事他早已不行了，但不知為何，曾孫女季娜卻牢記住他膝上擺著一本又厚又重的書的模樣。

他說話少，卻總是低聲嘟囔著些幾乎無法分辨的話語，大家能看見的，只是他下塌的嘴上一撮動來動去的灰白鬍子——孩子們因此總是喚他為「嘟囔爺爺」。爺爺非常的安靜，差不多整天都坐在一張大扶手椅裡，偶爾會坐在半圓形小陽台的一張凳子上。至於外頭，他是從來都不去的。

當哥哥們都去上學，大人們也去工作時，家裡頭就只剩下最小的季娜和曾祖父一塊。有時祖孫倆會躺在一張沙發上，身上蓋著一條縫縫補補好幾回的藍綠色方格毯，然後曾祖父就和曾孫女說起故事來，曾祖父來來去去說的就是一個關於不尋常的人物的故事。

這一老一小之間還常玩一種遊戲：季娜將一根把手刻有貼耳狗頭的深色木杖藏起來，而曾祖父則用觸摸的方式來尋找這根木頭枴杖，但他並不總是能夠尋獲。真的，曾祖父有時會說：

「好女兒呀，把棍子從床底下拿出來吧，我可沒法子趴下去拿它呀。」

當哥哥阿立克滿十歲的時候，曾祖父送給他一支手錶。當時這可是一件前所未有的貴重禮物：薄薄的咖啡色錶帶，形狀像一塊磚，錶盤上還印有一張神情莊嚴的臉。這隻錶其實像玩具錶，只是儘量做得像眞錶一般。

那時班上同學沒有一個人有錶。整個宅院裡也沒有一個人有。只有阿立克有錶。每五分鐘他就會看一下錶，而且每次都感到驚訝，怎麼這些分鐘刻度都不一樣長：有些刻度長的分鐘，要走很久才走到，而其他短刻度的分鐘卻在不知不覺間就快速走過了。

每天晚上阿立克都會給手錶上發條，然後把錶放在床頭旁的椅子上。不管季娜如何哀求，阿立克都不肯讓她碰錶。

收到手錶禮物兩個禮拜後有一天早上，阿立克到學校上課，卻把錶忘在床邊的椅子上。等路走到一半，他才忽然想起錶的事，但已經來不及回家拿了。

季娜在吃完早餐後發現了錶，她很小心地拿起了錶，然後呢——就把它戴在自己手上。曾祖父這時搖了搖頭。老人家平時也常搖著頭，那模樣就像對什麼事情感到憂愁似的。

院裡的孩子們紛紛向季娜圍了上來。

「這是阿立克的錶！」他們這樣說。

「不是，是我的啦！」季娜撒了謊。「我們的曾祖父在沒瞎掉以前是個鐘錶匠。像這樣的錶，他有一百隻哩。這是他送給我的。」

季娜捲起上衣的袖子，然後爬上鞦韆。當她盪鞦韆時，腕上的錶折射的光線閃耀了整個宅院。正在晾衣服的阿姨看到了錶；曬太陽的貓看到了錶；坐在沙堆上的小男孩也看到了錶。甚至，掃庭院的人還親自走過來問季娜「現在幾點」。季娜對他的問題感到困窘：她還不會看錶上的時間。於是她只好裝出趕忙的樣子，匆匆逃到後院去了。

後院裡，孩子們正在玩排球。季娜請求他們讓她加入，孩子們勉爲其難地接納了她。其實季娜根本不會打球。她笨拙地舉起十指叉開的雙手，站定不動，想等球自己落到手上。她等了好久，久到幾乎無力支撐懸空撐開的手指時，終於，等待已久的球，從一隻懷著妒意的手裡拋出，不偏不倚，重重地落在季娜的手腕上，腕上的錶立刻彈起，向四面八方飛落——機械零件解體四散，玻璃錶面也飛了出去。在令人扼腕的聲響中，玻璃撞擊到地面，還連滾帶翻地跳了幾下才停住，陽光下，那面玻璃仍然閃耀著光芒。季娜的手上這時只剩下連著錶帶的發亮底座。

……這是五月底。第一波的熱浪時節，剛抽出新葉的椴樹挺立著，油綠綠像上了新漆一般，甚至還散發一股淡淡的、彷彿油畫顏料的味道。但面對這一幕才剛發生的不幸，樹木好像也嚇呆了。只有毫無同情心的科立卡．克柳克文惡毒地打破寂靜說：

「嘿，阿立克會給妳好看！雖然那隻手錶好像是妳的，不是嗎？」

季娜握著錶的殘軀，慢慢地爬著階梯，穿過太陽灑在台階上的光影，走到陰涼的暗處，那裡散發著一股潮濕的石灰和貓咪的味道。她爬了很久很久才終於爬到二樓。她沒有哭，但感覺是如此沉重，彷彿背上背有一袋馬鈴薯般的沉重。她用腳後跟一直敲著門，沒聽到曾祖父拄著枴杖，拖著腳步走來開門的聲響。老人開了門。季娜把鼻子埋進爺爺的大肚子裡，埋進他揉皺了的帆布褲子裡。

「沒什麼，這沒什麼，好女兒，」老人說。「本來就不應該拿錶的呀。」

「這樣還沒什麼！」季娜吼叫了起來。「你說得可輕鬆哪！」眼淚這時終於止不住地傾洩而出，跟馬戲團裡小丑哭的時候一樣，像一道強勁的水流。季娜把玻璃錶面和散開的零件塞到曾祖父又乾又枯的小手裡，從手腕上解下連著底座的錶帶，那底座的樣子很嚇人，像有一次她在樓梯間看到的棺材蓋一樣。

「沒什麼！這沒什麼！」把身子埋進破舊的針織枕頭裡，季娜嚎啕大哭，淚如雨下一般地止不住。當眼淚流乾時，季娜也沉沉睡去。

老人頂著幾根稀疏的白髮，站在這顆小小的頭顱旁，手裡握著解體的手錶，嘴唇無聲地微微顫動著。

當季娜醒來時，看到曾祖父坐在桌前，他面前置著一個放工具的小瓷盒：裡頭有鑷子、刷子、小齒輪和一個黑框的圓形放大鏡，孩子們把這玩意兒喚作「貓眼」，其實，這「貓眼」曾祖父早就沒在使用了。

季娜踮著腳尖走到曾祖父身邊，緊緊依偎著老人家瘦削的肩膀。老人這時正在把錶帶接上一隻完整手錶的錶耳裡去。

「爺爺，你把錶修好了？」季娜問，不相信自己眼睛所見的一切。

「這不是嗎，妳還哭成淚人兒似的。我沒有新的玻璃片。舊玻璃這裡有一道小小的裂痕。」他邊說，邊用堅硬的長指甲觸摸了一下那道裂痕。「看見沒？」

「我看見了。」季娜小小聲地回答。「但你怎麼看見的？你說呀，你沒瞎，是吧？你還看得見？」

曾祖父轉身面對曾孫女。他的眼神溫和但卻黯淡無光。老人微微一笑。

「是呀，還看得到一些東西。不過都是最重要的部分。」他回答，然後又像往常一樣，開始嘟囔起些沒法聽得清楚的話來。

這就是整個故事了。從那時起已過了許多許多年，季娜對那段歲月的記憶早已所剩無幾。不過，只要是還記得的事情，那記憶就會隨著時光而更顯清晰，有時她甚至認爲，她很快就能夠分辨，也聽得清楚她的曾祖父那時到底在嘟囔著什麼了。

釘子

那年夏天，當妹妹瑪莎出生時，家人決定把謝柳扎送到鄉下——但不像其他孩子都是送到祖父家，謝柳扎是送到曾祖父那裡。曾祖父住在很遠的鄉下，到那裡，謝柳扎和父親得跋涉一條複雜的路程：先坐火車，然後換乘小輪船，之後還要再走一段很長的路方能到達。

直到傍晚他們父子才抵達村落。在長滿濃密矮草的窄街兩旁，矗立著一排灰色的大型木造農舍。其中幾戶的門窗已經釘死。道路中央處，一群毛茸茸細腿的牲畜正慢吞吞地走著，謝柳扎看著牠們說，好奇怪的狗呀！

父親聽了便笑他：「連綿羊都不識得！啊，你看，是牧羊人！」

父親說完便指著一位年紀比謝柳扎稍長一點的男孩，他赤著腳，頭上卻戴著一頂溫暖的帽子。那情景同樣令人覺得怪異。

曾祖父住的那間農舍，位在村落的邊區。當父子倆一走進屋內，謝柳扎馬上楞住——他有一本俄國童話書，裡頭圖片描繪的情形和屋內的擺設一模一樣：一座俄式壁爐的上方垂掛著一件羊皮襖，這件羊皮襖就是童話裡的老人要把可憐的女兒帶去給森林裡的寒冬老公公之前所穿的那件，甚至連爐叉都和童話插圖裡擺的位置相同。不止如此，這裡的氣味也很特別，是會讓人一生都記得的那種氣味：混雜著老羊皮、酵母、蘋果、馬具以及其他不知名的東西……這味道，恐怕在這世上任何一處都不可能再聞得到……

屋裡的兩位老太太一見到父親就向他奔去，邊哭邊親吻著他，一邊又不停地問東問西。原來戰爭爆發前，那時父親還是個少年，他曾在這裡住了段時日。

兩位老太太也親吻了謝柳扎。其中一位還不怎樣，另外一位老太太就非常的瘦，而且掉光了牙齒，這讓謝柳扎感到有些不習慣。

「謝爾蓋，這兩位是我的嬸嬸，娜絲塔西雅和安娜。」——父親說——「是你曾祖父的妹妹。算起來也是你的祖母了……」

「我已經有祖母了！」謝柳扎不悅地想，立刻憶起自己那位有著一頭漂亮卷髮的外婆，她在劇院裡擔任會計的職務，常常帶謝柳扎觀賞兒童劇。謝柳扎撇了撇嘴角，沒稱呼兩位老太太。

父親從背包裡拿出小禮物——其中一位老太太顯得非常高興，但瘦的那位卻哭了起來。

「她可能是怕另一個把所有禮物都拿走才哭的吧。」謝柳扎這樣認爲，於是輕拉了父親一下，想叫父親自己把禮物分一分，免得瘦祖母什麼都拿不到。謝柳扎是個公平的人，住在院裡的時日，他已經習慣遵守公平分配的規定。但父親卻揮了揮手沒理他：

「等會吧，等會再說……」父親說完後繼續從背包裡把一包包東西拿出來。

就在這時，曾祖父進來了。他非常高大，像一隻醜陋的熊。兩位老太太立即靜了下來，其中一位說；

「巴恰，這是維克多來了，他是伊凡的兒子。」

曾祖父和父親相互親吻了一番。

「剛來到我們這個家的時候」——曾祖父用低沉的聲音說——「你還完全是個小男孩。」

謝柳扎覺得，父親聽到這話時竟有些靦腆起來。

曾祖父一回來，兩位老太太便開始忙碌起來，將一塊大的黑麵包、湯匙和一只綠色的盆子放到桌上，那綠盆她們竟把它叫做「杯子」。

沒有人對謝柳扎多加理睬，但他並不覺得無聊。這裡有許多陌生的東西能讓他靜靜觀察。眞是令人驚訝：所有已經熟悉的東西在這裡都披上了一層不一樣的、嶄新的外貌——像湯匙是木頭製的，而枕頭套的顏色是紅色和彩色的，不像自己家裡頭全都是白色的枕頭套。

不可怕的老太太將青蔥、黃瓜及馬鈴薯切碎了放進盆裡，另一位則不知從何處拿來一隻裝了雞蛋的簍子，麥稈就從簍子裡突了出來——和繪著蘆花母雞的圖畫一樣。

屋裡又走進三個小孩，其中兩位女孩比謝柳扎要大些，第三個小男生從外表看，不是和謝柳扎同齡，就是比謝柳扎要小一點。

「這幾位將是你的夥伴」——父親說——「他們是你的堂兄弟姊妹。」

三個小孩分別叫做瑪麗卡、寧卡和米契卡。

謝柳扎感到驚訝——他不知道自己竟有這麼多親戚。

全部的人都已就座。桌子中央擺著那只綠盆，盆裡盛裝著某種深褐色的湯，但卻沒有盤子，只有湯匙和一塊表面平滑如餡餅的大麵包。

曾祖父劃過十字後，跟著便用湯匙在這只共用的盆子裡舀了一口湯，其他人按順序也照著曾祖父的方式舀湯。

「吃吧」——父親低聲道——「這是雜拌冷湯。」

不知爲什麼，所有人舀湯時都很靈敏，沒有一個人把湯汁滴落盆外，就連米契卡也是。

曾祖父詢問父親有關工廠和生活的情形，父親則一一回答，期間完全沒往謝柳扎那裡瞧去。謝柳扎坐著，手裡邊玩弄著一小塊麵包，邊感到驚訝，怎麼這裡人都用同一只湯盆喝湯。突然，那位叫做安娜的可怕老太太拿出一只深底的白色盤子，從共用湯盆裡取出一點湯裝進白盤裡，然後將盤子放到謝柳扎面前：

「吃吧，親愛的，你畢竟習慣了城市的生活方式。」老太太用她沒了牙齒的嘴向謝柳扎低聲道。

兩個女孩嘻嘻嘻地竊笑起來，但小男孩米契卡卻是「噗嗤」地笑出聲來。

69　釘子

這一瞬間謝柳扎感到自己是不幸的，而且寂寞。他想，這裡他待不下去了，明天他就要和父親一塊離開。

謝柳扎對他面前擺著的那只白色盤子——而其他人則用共同的湯盆喝湯一事，瞬間感到屈辱。一旁的父親卻只是坐著，吃著，沒有察覺任何異狀。幾滴眼淚滑落到謝柳扎的喉間，眼看隨時就要大量流出。

「你怎麼不吃呀？是不喜歡這湯嗎？」老太太問。

「喜歡。」謝柳扎低聲回答。

眼淚終究還是不聽使喚地自行流出。謝柳扎知道，他想要用綠湯盆喝湯，就像其他人一樣。但卻爲時已晚。

沒有人注意到謝柳扎的傷心。於是他把白盤子挪開，把身子移到共同的湯盆那邊去。那湯嚐起來是冷的，酸酸的，至於漂浮在湯匙裡的青蔥，謝柳扎還是沒去吃它。

繼湯之後，擺上桌的是一道大煎蛋和水煮馬鈴薯。這些是謝柳扎習慣了的食物，所以他吃了它們。晚餐後，安娜老太太帶謝柳扎到客房，把他安置在一張又高又大、有著彩色枕頭套枕頭的床上睡覺。

謝柳扎躺在床上思索著，無論如何他都不要待在這裡。

隔天早上，當他睡醒時，父親似乎已經離去了。告訴他這事的是安娜，對她，謝柳扎還是無法以祖母稱呼。安娜給了他一些牛奶和一塊隔夜的大麵包作早餐，然後叫他去散步。其他孩子早已出門玩耍去了。

謝柳扎走出農舍。在繞過這屋子一圈後，他發現這棟農舍原來相當的大，主屋之外有一個廂房，稍遠處還有一個棚子。棚子的門是開著的，謝柳扎往裡頭瞧去，結果一個人都沒有。這棚裡頭有一個木工檯，檯子的上方掛著各式工具：刨子、鐵鎚以及其他林林總總的鐵製工具，都是謝柳扎叫不出名字的東西。工作檯的下方則放著一只箱子，箱子裡按一層層座槽放著不同大小的釘子。謝柳扎拿起一根中型大小的釘子，長度約一隻小手指那般，跟著拿起鐵鎚，然後尋找釘釘子的合適地點。

選定後，他坐到門檻旁，往腳邊撒了一堆釘子，然後開始將這些釘子一個一個釘入門檻裡。起初謝柳扎一直無法命中釘子，總是敲到自己的手指。過一陣子後，事情才進行得較爲順利。

就在這時，謝柳扎忽然感覺到，他不是一個人在這棚子裡。曾祖父就站在他的旁邊，看著他釘釘子。謝柳扎嚇了一跳。但曾祖父一句話也沒說，從謝柳扎手裡拿走鐵鎚和幾根釘子，跟著輕鬆而平穩地將釘子敲入謝柳扎釘子的旁邊。

「握住鎚子的把柄」——老人用低沉的聲音說——「釘子要這樣放。要一擊便中！」曾祖父的話讓謝柳扎了解到，老人家對他的闖入並沒有特別生氣。

謝柳扎照著老人的指示握鎚，跟著又釘了好長一段時間，直到把整個門檻釘滿爲止。然後他起身，打算離去。正在用刨子削木板的曾祖父這時忽然放下刨子，把一塊尾端有著鋒利分叉的彎曲鐵器遞給謝柳扎，並說：

「拿著這個拔釘鉗！現在把釘子拔出來！釘子是有用途的。放在門檻上作什麼？」

謝柳扎兩隻手握著拔釘鉗呆立著……於是曾祖父又跪下來，從謝柳扎手上拿走拔釘鉗，示範該如何握住這件工具。曾祖父的手指很大，手的膚色很深，指甲很厚而且呈棕褐色，就像硬紙板一樣。

「有這樣的手指不用鉗子也可以把釘子拔出哩。」——謝柳扎心裡這樣想。

謝柳扎一直試著勾住釘子，但釘子就是不妥協。謝柳扎懊惱地看著敲入門檻裡的釘子釘帽所勾勒出的一道亮晃晃的路徑，就是那些釘帽還等著他一一拔出呢。他這時才知道，他掉入一個陷阱裡。曾祖父走向謝柳扎，用鐵鎚輕輕地敲在拔釘鉗的鶴嘴上，鶴嘴便緊實地扣住釘頭的部分了。

「壓住它！」一聽曾祖父這樣說，謝柳扎立即用兩手握住拔釘鉗的柄並往下壓。

釘子先是左右晃動一陣，跟著便鬆動起來，往上探出頭，然後非常輕盈而且愉悅地就跳了出來，彷彿它本身就是這麼希望的……只有在釘尾的部分還需要輕輕地拔它一拔……然後整根釘子就全部出來了。

但是另一根釘子就沒有那麼輕易拿出——釘帽竟脫落。曾祖父瞧了一眼，跟著用低沉的聲音說：

「要珍惜釘子。」

謝柳扎開始著手拔第三根釘子。曾祖父拿了一個小盒子來，吩咐他把取下的釘子放入此盒。於是謝柳扎就這樣拔呀拔的一直做下去，正巧這段時間裡也沒有任何人來找過他……

午餐過後，曾祖父離開到別處去，謝柳扎決定躲藏起來。他爬上閣樓去。那裡到處積著灰塵，而且有一股神秘氣息，不過門檻上那些沒有拔出的釘子仍折磨著他，於是謝柳扎又從閣樓爬下，回工作棚去了。

稍晚，曾祖父再度現身，看了看謝柳扎的工作狀況，但什麼也沒說。謝柳扎所有的手指都被敲到而且感覺疼痛，但不知爲何，他就是無法離開這工作棚。

「敲進一根釘子五分鐘」——不知對誰生氣的謝柳扎自語道——「但拔出一根釘子卻要一百小時。」

直到天色完全漆黑，謝柳扎還在忙碌地用拔釘鉗和老虎鉗幹活，終於，所有的釘子，不管是敲彎了的還是折斷了的，都放進了盒中。謝柳扎把盒子交給曾祖父，曾祖父把盒子放到木工檯上，然後說：

「我們回屋子去吧……」

謝柳扎對自己感到驕傲，即使曾祖父沒有對他說任何獎勵的話。

隔天上午他起了個早。兩個女孩光著腳和米契卡在木屋裡啪搭啪搭地走來走去。謝柳扎把涼鞋扣好後，尋思著，要如何才能加入他們的行列，但這時曾祖父卻走進屋裡說：

「跟我走，謝爾蓋。」

謝柳扎雖感到訝異，但還是跟著曾祖父離開。

曾祖父帶謝柳扎進自己的的工作棚。那裡的木工檯上仍然置著那只裝滿昨天拔出來的釘子的盒子。曾祖父拿起一塊書本大小的鐵塊，但一會又將它置於一根高懸的木頭上，之後用兩根手指從盒子裡拿出一根彎曲的釘子，開始用鐵鎚輕敲。一根彎曲的釘子於是又變直了，發出閃閃的亮光。

「你就這樣照著做。」曾祖父說。

謝柳扎聽到後楞住了。

「這工作可要花一輩子的時間哪。」他想。他拿起鐵槌輕敲了一下釘子。釘子立即轉向另一側。這釘子就這樣從一邊轉到另一邊，彷彿有自己的生命一樣。忽然，謝柳扎一失手敲偏了，打到自己的手指……

曾祖父哼了一聲。

「輕一點握！」

謝柳扎咬緊嘴唇不讓眼淚流下，繼續不斷地敲呀敲……但就是一直無法把釘子敲直。然而忽然之間，事情卻又變得自然順手——釘子開始溫馴聽話起來。

當工作結束，謝柳扎把盒子放到工作檯上。曾祖父拿起盒子放進箱子裡，再放到木工檯下，然後他挺直身體說：

「雞籠有兩塊木板需要換。你過來幫我……」

那年夏天，謝爾蓋最終沒能和自己的堂兄弟作成朋友。他跟在老人身後，和他一起做所有的工作：包括家裡頭和養蜂場的細木工……到了那年的夏末時節，有人用四輪板車給曾祖父送來一車木板。木板被堆放在工作棚的側方。曾祖父久久地看著這堆木板，嘴裡不斷發出「哼哼」之聲，頭則不時搖晃著。就這麼看了好一會後，他把謝爾蓋叫來——要他來幫忙他。一開始老人先花了好一段時間把刨刀給磨光，之後動手分老鋸子的鋸齒部分，待所有的工具都準備妥善之後，他們便開始眞正的工作……其實謝柳扎的幫忙並非是必要的，但曾祖父就是不放他走，不斷交代任務給他做……一直到謝柳扎要離開的前夕，整個工作才終告大功完成——成品是一具又大又長，附帶蓋子的箱子。

謝柳扎的堂弟米契卡在最後一天問他：
「葬禮時你會來嗎？」
「來誰的葬禮呀？」
謝柳扎驚訝地問。
「曾祖父準備要死了，他不就爲了這件事給自己做了棺材嗎？」
「原來如此，原來那個大木箱是棺材呀！」謝柳扎這時才終於搞懂那具大箱子的用途。

隔天，父親來將謝柳扎帶走。曾祖父在工作棚裡把棺材展示給父親看，父親說那具棺材的原料非常好……

隔年夏天，謝柳扎再回到鄉下。不過這一次，鄉下的一切都不同了。這次他和自己的堂兄弟姊妹混在一起，和他們一起去河邊玩耍，到森林裡採漿果。工作棚那裡他只去過一次。木工檯上仍擺著那只小盒子，盒裡裝著他在去年夏天矯直的釘子。至於曾祖父，他那時已不在人世了。

КОЛЯ

幸運事件

當太陽開始曬得厲害，院子裡的泥土漸漸乾了時，黃皮膚、體型瘦削的哈莉瑪，在額頭上綁了一條齊眉的褪色絲巾後，便開始曬起床來。她把幾張輕型的摺疊床搬出來，再把一大堆、有著各種顏色的被子、地毯和羽絨褥子全一股腦的疊放在床上，那數量之多，令人不解這堆東西究竟是如何塞進她和她那位剃光頭的丈夫阿赫梅，還有一大群不同年齡的孩子們所住的兩間非常狹小的地下室房間。

這一堆被褥恰恰好就頂到克柳克文一家窗口的正下方，這戶人家住在木板造的二層樓房的一樓。

就在哈莉瑪家的被子和枕頭躺在太陽底下曬，以去除積了一整年的地下室濕氣時，刻薄又壞心眼的克柳克文娜老太太立刻把頭探出窗外的花盆間，用單調乏味又吸吸不休的語氣怒罵著哈莉瑪。

「科留尼亞，科留尼亞，給我到這來！」——老太太叫喚自己淘氣的孫子科立卡——「過來把那堆東西都扔到地上去！」

科留尼亞欣然從命地跑到院子裡，等了一會，待哈莉瑪走開，他立即一把將摺疊床給掀翻。

哈莉瑪有沒有因此而生氣？關於這一點，旁人無法得知。因為她一直是個沉默不多話，而且對任何事情都習慣忍耐的女人。她把散落地上的被褥一件件拾起，再放回摺疊床上，然後把女兒羅茲卡放到摺疊床旁——好讓她就近看守。

哈莉瑪擺在外頭的摺疊床通常具有提示意義——其他家的女人只要看到，立刻跟著把冬季大衣和被子拿到繫綁於椴樹間的晾衣繩上去曬；而籬笆上則擺上厚重的枕頭，看起來就像是一隻隻排排坐的大花貓。至於地毯和擦腳墊就用棍子拍打，拍出一陣陣安逸閒適的居家塵雲。

克柳克文娜老太太仍站在窗邊咒罵著。罵到後來，她終於想到，把她那件長毛短外套拿出去透透風應該也不壞。不過她不想把衣服拿到院子裡去透風——要是有人偷了它怎麼辦？——老太太決定拿到閣樓頂上去通風。

她把科立卡叫到跟前，囑咐他把「大衣」拿到閣樓，老太太一向如此尊重地稱呼自己的這件短外套。她走到前廳，從釘子上取下鑰匙，然後跟在科立卡身後爬上頂樓。

一張寬大的木梯直通向二樓，但是梯子一到那裡就變窄，還作了一個急轉彎，最後停在一扇小小的窄門前。

克柳克文娜老太太把掛鎖打開，祖孫倆跟著進入一間頗爲寬敞、已經爲初陽曬熱了的房間裡。閣樓屋頂的傾斜面並不平整，中央處的屋頂隆起，朝上走去，而歪斜的牆壁中只有一道牆開有一面大型雙扇窗，透過這扇窗，一束晃動、不明亮的光線落進閣樓裡。

科留尼亞已經來過這裡——且每次來都會被眼前的一堆廢棄物所震懾。他貪心地看著這個由廢棄物堆積而構成的奇異輪廓線：有茶炊的炊管、多角掛衣架、用後腳跟斜立的大箱子以及翻倒成一邊的櫥櫃，櫥櫃上還覆蓋著一層薄薄柔柔的灰塵。

科立卡在閣樓裡儘是瞎忙，而老太太一把短外套掛好在晾衣繩上後，立即拉著孫兒離開。她把矮門鎖好，邁著臃腫的雙腳搖晃晃地走著，然後沉重地爬下木梯。科留尼亞跟在祖母身後，心裡頭苦思著，要如何從她那裡偷到鑰匙，然後再一個人溜到閣樓上。可是呀，祖母一直把鑰匙握在手裡，而手又插在圍裙的口袋中。

科留尼亞走到院子裡，思索地看著屋頂。閣樓的窗微微打開著，一棵高大椴樹分叉的樹身恰恰朝閣樓窗戶的方向延伸而去，但隨即又轉向，所以，要從這棵樹爬到屋頂上就變得不可能了。另一棟磚造的三層樓房，是較後期的建築，它就緊挨在科立卡家的那棟木造房子旁。儘管這兩棟屋子的牆緊緊相依，但這棟宅院裡最高的三層磚房的屋頂卻高出科留尼亞家的屋頂整整有一公尺半之多哩。

「假如三層樓房的閣樓出口是開著的話，未嘗不值得冒險一試。」科留尼亞下了決心。

才一眨眼的功夫科立卡就爬上三樓。這一樓層裡有兩扇門通向公寓住戶，而兩扇門之間還有一扇，外表簡陋些，應是閣樓的門。這門看起來像上了鎖。不過科立卡轉得飛快的腦袋裡立刻想到了對策──他跑去向掃庭院太太的兒子維契卡要閣樓的鑰匙。科立卡技巧性地騙維契卡說，有一顆球落在屋頂上，而這顆球不是隨便某某人的，是他們這一區院子裡人人皆知的舒爾金的那顆皮球，只是一直沒人知道，這顆球到底被丟到哪裡，可是科立卡本人卻親眼見到，球是飛到屋頂那去了。所以，假若維契卡願意幫助他拿到閣樓的鑰匙，那他們兩人就可以成為舒爾金皮球的永久持有者了！

聽到此話，維契卡的眼睛亮了起來，他允諾會立即協助科立卡拿到鑰匙。對維契卡而言，取得鑰匙完全沒有任何困難：他那掃院子的媽媽此刻正發著鼾聲，睡在壁爐後方的窄床上，而鑰匙就成堆地擺在桌子中央。

三分鐘之後，他們兩人已站在閣樓的門前，一隻隻試著開門的鑰匙。從隔壁公寓走出來的老先生柯紐霍夫懷疑地看著他們，緊跟著上前詢問，這兩人在這裡要幹什麼。維契卡楞楞地一句話也答不出來，但科立卡立即很禮貌地撒謊說：

「娜斯佳阿姨要我們到這兒來拿掃把……」

「啊、啊、啊——」柯紐霍夫老先生像是十分滿意這答案似地把聲音拖得老長，然後把枴杖弄得篤篤響地就走下樓梯去了。

門終於打開了。這一間低平的閣樓沒有半點引起科立卡興趣的地方。這裡只聞得到老鼠味，還有一張翻了面的床和一只兒童用的小澡盆……

「如果這是我們家閣樓的話，那可就完全不同了啦……」這樣的想法閃過科留尼亞的腦海。跟著他便開始想像，他如何偷溜進自己家閣樓裡那一大堆雜物之中，而茶炊的出煙管如何嗚嗚作響，他待在裡頭會是多麼快活……

穿過天窗，科立卡和維契卡爬上了屋頂，久未上漆的平屋頂完全沒有任何護欄裝置，只在尾端處有鏽鐵彎出一道窄窄的弧度，兩人腳下不時傳來陣陣轟鳴。從屋頂往下看去，那景象眞叫人膽戰心驚。

「看到球沒？」——維契卡悄聲道——「球在哪裡，你的球在哪裡呀？」

但科立卡卻著了迷似地盯著屋頂下方的風景看，沒有回答。從三層樓的屋頂朝下方看去，地面變成了圓形，而且正好就是要這樣的高度才能清楚看出，地面可以是這樣的圓，又這麼地大。

從屋頂的另一邊看去是一整排小小的房子，地平線看起來非常寬闊，而一間間屋子綿延得沒有止盡，和裊裊而升的灰綠色炊煙融合一起。就連最高大的幾株椴樹都在他們兩人的腳下。椴樹葉尚未眞正長出，只在枝幹間隱約顯露出一片淡淡的青綠，從樹的枝椏之間不只可以看見他們住的那區的庭院，連鄰院也看得見，另外還看得到一小段街道以及一輛晃動行駛的有軌電車。消防隊的瞭望臺看起來近在咫尺，而且似乎變小了，就連皮緬諾夫教堂宏偉的身軀也縮小了尺寸。

「什麼球？」科立卡又再問了一遍，他沉浸在俯瞰的思緒之中，完全忘了自己藉口撿球以爬上屋頂的狡猾謊言。「啊，球啊……有呀，有看到，就是那裡，從那裡滾下去的。」科立卡一說完後就堅定地朝他家二層樓房的屋頂走去。

「你先在這坐一下，我到那邊的二層樓屋頂看看，說不定球就在那裡。」科立卡這時早已心繫自家閣樓，他話還沒說完，兩腳早已垂下，雙手則緊抓住屋頂的邊緣。接著他鬆開手指，整個人便靈巧地降落在二層樓的屋頂上。這裡的屋頂就像一個駝峰，從中央處突起，行走其上並不方便。科立卡往打開的閣樓窗走去，抓緊微開的窗櫺後，又把頭往下看去。

他看到後院、光禿禿的大橡樹、長滿苔蘚植物的板棚架、舒爾金的鴿子籠，還有季瑪．奧爾洛夫叔叔那輛閃閃發亮、整個院裡人人羨慕的歐寶「Kadett」名車……科立卡蹲了下來——他想看到站著時被擋到的視線：這會他看到疊著各種顏色被褥的摺疊床、兒童完要用的大沙箱、才剛在沙堆上玩耍完的小寧卡和瓦列卡，還有一張骨牌桌……

坐在屋裡的老太太克柳克文娜，把閣樓鑰匙弄得叮噹響，心情卻仍然無法平靜下來。

「瞧她，竟把自家的破爛東西拿到我面前擺放。」老太太不滿地嘮叨著。

跟著她起身，拿起畚箕，從壁爐裡扒出一些煤灰來，然後走向窗戶。哈莉瑪這時正巧轉過身去，老太太敏捷地，甚至可以說是以運動家的快速身手從窗口把煤灰傾倒在哈莉瑪的摺疊床上，接著像個小女孩般，老太太賊忒兮兮地躲在窗簾後面——她想觀察哈莉瑪發現有人弄髒她的被褥後的反應。但哈莉瑪正在給自己最小的兩個兒子擦鼻涕，一直沒有轉過身來。

突然之間，一個奇怪的身影直直閃過克柳克文娜老太太的眼前。這個黑色的、不大的身影如石頭一般自空而落，不偏不倚就落在哈莉瑪的那堆破舊被褥上，摺疊床發出「嘎吱」的一聲，隨即應聲倒塌。哈莉瑪站在跌落下來、臉色發白的科立卡面前。她注視著男孩的臉，看到血如一道細流地從他的嘴邊流出，她立即捉住他的手，叫著：

「活著嗎？你還活著嗎？手呢，腳呢，都還完整嗎？」跟著哈莉瑪一邊不住口地用韃靼話喃喃自語著，一邊歡喜地把這個淘氣、狡猾、整個宅院裡無人喜愛的男孩貼緊在自己懷裡。

克柳克文娜老太太，尚未搞清楚整件事的來龍去脈，就趕忙邁開她那軟綿無力的雙腳向摺疊床奔去，一邊叫喊著：

「他眞是個惡魔呀！不是個孩子，是惡魔呀！他究竟是從哪裡摔了下來的呀？」

到了晚上，一塊肉不少、仍然活蹦亂跳，只是舌頭咬破了的科立卡，被家人給狠狠抽了頓鞭子。

隔天，這位壞心眼的克柳克文娜老太太牽著孫子科立卡的手，慎重其事地帶了一個覆蓋著防蠅餐巾的果醬餡餅來到哈莉

瑪的地下室住處。那時所有的鄰居都看見了，克柳克文娜向哈莉瑪彎下腰鞠了個躬，並用懺悔的聲音大聲說：

「原諒我吧，哈莉瑪。請盡情享用這餡餅。」

而哈莉瑪站在門邊，她那既像一隻瘦馬，又像一隻豹子的高挑身軀裹在一條褪了色的圍巾裡，看起來眞是出奇的美麗。

紙的勝利

當太陽融化了粒狀的黑雪，從骯髒的水裡流出積了一整個冬天的住戶垃圾——有破爛物、骨頭、打碎的玻璃——空氣裡跟著揚起一股摻和了各種味道的混雜氣味，其中最強烈的當屬潮濕又甜膩的春泥氣息，這時，蓋尼亞・皮拉普廖特齊克走到庭院裡。「皮拉普廖特齊克」這姓氏寫來如此可笑，以至於蓋尼亞自學會寫這個字起，就感到是一種屈辱。

屈辱的事不只這一樁，蓋尼亞從出生起雙腳就有些問題，因此他走起路來總是用怪異的、跳躍式的步伐前進。

還有，他一直有鼻塞的毛病，所以總是用嘴巴呼吸。嘴唇因此而乾裂，這又讓他三不五時地得去舔一舔嘴唇。

可是，令人難堪的事還不只這些，另一件就是蓋尼亞沒有父親。沒有父親不是新鮮事，此一宅院裡半數的孩子都沒有父親。

但是不同於其他孩子，蓋尼亞沒法和別人說，他父親是死於戰爭。蓋尼亞的情況是——他根本就不知道他的父親是誰。把所有這些事情加在一起，蓋尼亞就成了一個非常不幸的人。

總之，蓋尼亞走到庭院，撐著因乍暖還寒的多變時節而生病的初癒身體，頭戴著一頂厚毛滑雪帽，帽裡頭還塞著一條頭巾，另外在肩膀裹上一條綠色長圍巾地走了出來。

太陽底下眞是出奇地暖和，小女孩們把長襪拉下，並捲到腳踝邊，捲起來的長襪看起來就像是鼓漲的香腸。七號公寓的老太太在孫女的幫助下，搬了張椅子到窗邊坐下，還仰起了臉龐來享受太陽。

不只是空氣，連泥土也因飽含濕氣而膨脹，甚至到了要滿溢出來的地步；特別是光禿禿的樹木，似乎已準備好再接下來的每一分鐘裡迸發出一片片幸福的小嫩葉。

蓋尼亞站在院子中央，一臉驚詫地諦聽雲層裡的轟鳴聲；而一隻肥貓，一邊用掌子觸碰濕潤的泥土，一邊橫斜著走過院子。

就在這時，第一塊泥團飛落在貓和男孩蓋尼亞之間。貓，弓起身子，朝後方跳開。蓋尼亞則打了個震顫——幾滴骯髒的泥水珠啪地一聲重重打在他臉上。緊跟著第二塊泥團又落在他的背脊，不等第三塊泥團砸到，蓋尼亞連蹦帶跳地逃回自己家門。跟在蓋尼亞身後飛來的，如一隻咻咻發響的標槍，是一句自編的譏嘲詩：

「瘸腿子蓋尼亞，鼻涕流得河一樣！」

蓋尼亞回頭一看：朝他丟泥團的是科立卡・克柳克文，大聲叫喊的則是一群小女孩，而站在這群傢伙身後的，則是讓他們如此賣命演出的老大——天不怕地不怕、機伶過人的熱尼卡·阿伊提爾，他是這一區裡那些沒有爲他跑過腿、打過雜的孩子們的公敵。

蓋尼亞急奔回家——外婆這時卻正巧下樓來，體型嬌小的外婆戴著一頂在一邊耳朵上方飾有藍色和綠色人造花的褐色帽子。她和蓋尼亞打算到米烏斯基小公園裡散步。爲此，她的肩上還特地披了一條眼睛閃爍著琥珀色光芒的舊狐狸毛皮。

……那天晚上，當蓋尼亞在綠色屛風後面打著鼾聲熟睡時，母親和外婆兩人仍一直坐在小桌前。

「爲什麼？爲什麼他們總是爲難這孩子呀？」好長的沉默後，終於，外婆以痛苦的低語提出詢問。

「我想，得邀請他們來作客，就在蓋尼亞生日的那天。」母親這樣回答。

「妳瘋了嗎？」——外婆嚇了一跳說——「這些人可不是孩子，是強盜呀。」

「我看不出還有別的辦法可行。」——母親皺著眉頭回應——「要烤個餡餅，弄場宴會，總之，就是要舉辦一場兒童派對。」

「他們是強盜和小偷呀。他們會把整個家給偷走。」外婆反對。

「妳有什麼東西是值得偷的？」母親冷冷地問。

老太太於是沉默下來。

「妳的那雙舊膠鞋誰也不需要。」

「妳提鞋子幹嘛？……」——外婆哀傷地嘆了口氣——「我只是替那孩子感到難過。」

兩個星期過去了。平靜溫柔的春天終於到來。骯髒的污泥都乾了。迅速蔓生的野草覆蓋住被垃圾弄髒的庭院，儘管所有住戶都竭盡心力地亂扔亂丟，卻還是不敵野草蔓生的速度，庭院變得乾淨而青翠一片。

從早到晚，孩子們都在玩一種叫做「拉普塔」的俄式棒球。圍牆上畫滿了白粉和煤粉的箭頭符號——這是逃出「哥薩克」陣營的「強盜們」所留下的記號。

蓋尼亞到學校上課已經是第三個星期了。對這好現象母親和外婆不時用眼睛互看。外婆是個迷信的人，她不時就朝肩後吐口水②——用以避免不幸：因爲蓋尼亞每次生病的間隔通常不會超過

2 俄國人迷信的表現，怕因誇獎或說好話而引起不吉利的後果，所以逆向操作，朝肩後吐口水以避免不幸。

一個星期。

外婆總是親自送孫子上學，又趕在下課前到學校入口處等他放學，替他圍上綠色圍巾，然後牽著他的手帶他回家。

生日的前夕，母親對蓋尼亞說，要替他辦一場眞正的生日派對。

「叫班上同學還有我們院裡的孩子來參加吧。」母親這樣建議。

「我誰也不想請，而且也沒有必要，媽媽。」蓋尼亞請求母親。

「有必要。」母親簡短地回答了兒子，眉毛跟著挑動了一下，於是蓋尼亞清楚了解，這次他是躲不了了。

晚上，母親來到院子裡，親自邀請孩子們來參加明天的生日宴會。她一併邀請所有人，不加選擇的，唯獨對阿伊提爾是個別拜訪：

「還有你，熱尼卡，也來參加吧。」

熱尼亞看了蓋尼亞母親一眼，那眼神如此冷漠而早熟，令她不禁感到困惑。

「要幹嘛呀？不過我會去的。」阿伊提爾平靜地回答。

於是母親便回去發明天要用的餡餅的麵皮。

蓋尼亞憂愁地看著自己家的房間。這裡最讓他感到困擾的是那架閃閃發亮的黑色鋼琴——這在他們院裡可能沒哪一戶住家會有。至於書櫃、架上的樂譜——這些都還無所謂。但是貝多芬，這可怕的貝多芬面具！搞不好會有人陰毒地問：「這是你爺爺？還是你爸爸？」

於是蓋尼亞請求外婆把面具拿下。外婆感到驚訝：

「面具這會又礙到了你什麼呀？它可是教你媽音樂的女老師送的……」接著外婆便開始滔滔不絕地講起蓋尼亞老早就知道的故事：媽媽是很有才華的鋼琴家，要不是戰爭之故，她就能從音樂學院畢業了……

將近四點鐘的時候，在一張拉開了的桌上擺了一只大湯盆和切得碎碎的涼拌菜、夾著鯡魚的炸麵包以及包了米飯的餡餅。

蓋尼亞坐在窗台上，背對著餐桌，儘量不去想待會兒就有一群歡樂、喧鬧，而且不會和他和解的敵人闖入他家裡的事……不一會兒，蓋尼亞整個人就完全沉浸在自己最愛的事情之中：他用報紙折起一隻張著帆的小輪船。

蓋尼亞是一個很棒的摺紙藝術家。在他生命中有數千個日子都是躺在床上過。不管是秋天的黏膜炎、冬天的扁桃腺炎還是春天的感冒，他就是躺在床上把紙張折出角來，把折角拉直之中忍耐地度過，他身邊有一本書，封面是灰藍色，上面還印有一隻長頸鹿。這本書叫《快樂的時光》，寫這本書的作者是某個叫做M．蓋爾舍索恩的人——這眞是一位智者、魔術師和最傑出者。雖然蓋爾舍索恩是一位偉大的老師，但蓋尼亞更是偉大的學生：他在摺紙遊戲方面展現非凡的才能，而且他能想出非常多的新花樣，是蓋爾舍索恩作夢都想不出來的……

蓋尼亞把這隻尚未完成的船拿在手中轉呀轉的，一面滿懷恐懼地等著客人的到來。客人準時在四點鐘到達，有一大群人呢。一對有著淡白色眉毛的姊妹，是客人中年紀最小的，帶來一大束黃色的蒲公英。其餘的客人都是兩手空空的來。

所有人都彬彬有禮地圍著桌子就座，母親替每一位客人的杯子裡斟上有褐色櫻桃的自製汽泡飲料：

「讓我們爲蓋尼亞而喝吧——今天是他的生日。」

所有人都拿起杯子一起乾了杯，跟著媽媽抽出旋轉凳子，坐到鋼琴前，開始彈奏起〈土耳其進行曲〉。那對年紀最小的姊妹像被迷惑住了一般，盯著媽媽那雙在琴鍵上來回飛舞的手。兩姊妹裡較小的那位更是一副驚恐的表情，彷彿即刻就要大哭了起來。

一派平靜的阿伊提爾仍吃著涼拌菜和餡餅，而外婆則在孩子間轉來轉去，忙著招呼，一如她平日裡照顧蓋尼亞一樣。

母親又續彈了幾首舒伯特的歌曲。那畫面眞是筆墨難以形容：十二位穿著破舊，卻都梳洗乾淨的孩子在一片寂靜之中吃著大菜，而坐在鋼琴前的一位瘦削女人正從琴鍵敲出一連串輕盈飛翔的音符。

宴會的主角蓋尼亞，兩隻手掌滿是汗水的，將眼神專注地投射在眼前的盤裡，對週遭一切置若罔聞。音樂終於結束，旋律如小鳥般飛出了窗外，只剩幾個低音音符仍在屋頂下盤旋，拖延了一陣子，然後也跟在其他旋律之後飛離而去。

「蓋尼奇卡。」——忽地間，外婆用甜甜的聲音說——「你要不要也來演奏一曲？」

母親往外婆的方向投出一道不安的目光。蓋尼亞的心臟差點沒停止：這群人討厭他愚蠢的姓名、怪異的跳躍步伐、他的長圍巾，還有帶他去散步的外婆。爲什麼他要在這群人面前彈奏鋼琴！

媽媽注意到蓋尼亞變得蒼白的臉色，猜到了他的心事，便過來解圍：

「下一次吧。蓋尼亞下次再演奏。」

一向機伶敏捷的瓦莉卡．波布洛娃以不可置信，甚至近乎欽佩的聲調說：

「難道他會彈鋼琴嗎？」

……用餐後，媽媽端來一個甜餡餅。然後在每個孩子的杯子裡斟上茶。一個圓形的高腳盤裡堆放著各式各樣的糖果：枕頭形狀的糖果、夾心硬糖，還有包在糖果紙裡的。科立卡毫不客氣地拼命吃，一面往自己口袋裡塞糖進去。小姊妹倆嘴裡吸著枕形糖，心裡還預先盤算著，待會要拿哪一種。瓦莉卡．波布洛娃在自己瘦骨嶙峋的膝上把吃完糖果的銀箔紙試著弄平。阿伊提爾用大膽放肆的目光環視著蓋尼亞的家。他不斷用眼睛四處搜索著，最後，他指著牆上的面具問：

「慕西阿姨！這是誰？普希金嗎？」

媽媽聽了微微一笑，然後親切地回答：

「這是貝多芬，熱尼卡。以前曾有這麼一位德國作曲家。他的耳朵聾了，但仍然創作了非常棒的音樂。」

「德國人？」阿伊提爾提高警戒地再詢問了一次。

但是媽媽狠快地就消除了貝多芬的嫌疑：

「他很早很早以前就死了。一百多年前死的。遠在法西斯主義產生之前就死了。」

外婆早已張開口，準備要說出面具是慕西阿姨的老師送給她的故事，但是母親嚴厲地看了外婆一眼，後者於是閉上了嘴。

「想不想讓我爲你們演奏貝多芬？」母親問。

「好啊。」阿伊提爾表示同意，於是媽媽重新把旋轉凳給拿出來，將它轉了轉調整高度後，便開始演奏蓋尼亞最喜愛的那首關於土撥鼠的曲子，不知怎麼，蓋尼亞總是對那隻土撥鼠感到同情。

所有人都靜靜坐著聆聽，沒有人表現出不耐煩的樣子，儘管糖果早已吃了個精光。這段時間以來蓋尼亞一直感受到的恐懼壓力這時終於放下，他甚至第一次感到一種驕傲：這是他的媽媽在演奏貝多芬，沒有一個人在笑，大家都安靜地傾聽著琴聲，並看著那雙飛躍舞動的手。一曲終了，母親結束演奏。

「夠了，今天聽夠音樂了。讓我們來玩遊戲吧。你們喜歡玩哪種遊戲？」

「可以玩牌。」科立卡想也沒想地直接就說。

「玩『方特』[3]遊戲吧。」媽媽建議。

沒有人知道這種遊戲。阿伊提爾靠在窗台邊，把玩手裡那隻尚未完成的摺紙小輪船。母親跟大家解釋如何玩「方特」這種遊戲，但是在座的孩子們似乎沒有人有「方特」。莉莉卡，一個頭上結著複雜辮子的女孩，總是在口袋裡隨身攜帶著一隻梳子，但她一直遲疑著是否要把梳子交出來——搞不好梳子弄丟了怎麼辦？這時阿伊提爾把紙船放在桌上，並說：

「這就是我的方特。」

蓋尼亞將紙船拿到自己面前，三兩下動作就把紙船剩下的部

3 一種團體遊戲名稱，參與遊戲的人得交出一件自己的信物作爲籤，此籤稱爲「方特」，抽籤人任意抽出籤，再由一位中立者出題要求此籤的所有者做一件逗趣的事情。

分完成。

「蓋尼亞，替女孩們做方特吧。」母親要求，然後她把一張報紙和兩張厚紙放到桌上。蓋尼亞拿起紙張，很快地想了一下，跟著折出一個直角……

男孩們剃得平平的頭，女孩們紮得緊緊的辮子頭這時全都聚攏在桌子上方。看著小艇、輪船、帶帆的輪船、杯子、小鹽瓶、麵包籃、襯衫，一個接一個的神奇產生……

每每在蓋尼亞要完成摺紙的最後一個動作時，一隻迫不及待的手就立即伸出，把這紙東西給拿走。

「還有我，幫我做一個！」

「他已經給你做了一個，不要臉的傢伙！現在是要做給我的！」

「蓋尼奇卡，拜託，做一個杯子給我！」

「人，蓋尼亞，做一個人給我！」

所有事情都被拋諸腦後，大家心裡想的只有方特。蓋尼亞動作迅速地摺疊紙張，把折縫壓平；重新摺疊，再拗出折角來。然後小人、襯衫、小狗呀，一個個就都出現了……

孩子們把一隻隻手伸向蓋尼亞，蓋尼亞則把自己的摺紙傑作分送給他們，每一個人都笑了，每一個人都對蓋尼亞表示感激。而蓋尼亞，尚未察覺他們對自己態度的轉變，從口袋裡掏出手帕，擦了擦鼻子——這以往總引來嘲笑的動作，現在卻沒人對此加以留意，甚至就連蓋尼亞自己都沒有注意到。

這種感受蓋尼亞以前只有在作夢的時候才有。現在的他非常幸福。他不再感到害怕、不友善和敵意。他一點也不比其他人差。甚至，遠超乎他的意料之外：他們對他這微不足道的才能竟如此稱讚，而這才能是他自己從未加以重視的。蓋尼亞彷彿是第一次看見他們的臉龐：不是邪惡的。他們完全不是邪惡的……

阿伊提爾在窗台上轉著一張報紙，接著他把他的「方特」紙船給拆了開來，想重新做一遍，可是

卻沒有成功，於是他走向蓋尼亞，輕輕碰了碰他的肩，跟著，生平頭一遭，他叫了蓋尼亞的名字，請他幫忙：

「蓋尼，你看一下，接下來要怎麼折……」

母親洗著盤子，一邊微笑著，一邊掉下淚來，淚就落在洗碗水裡。

房間裡那個幸福的男孩繼續把自己的摺紙小玩意一一分送給他的鄰居，當然還有同學……

ГОРОХ

作者：

柳德蜜拉・烏利茨卡婭

俄羅斯文學布克獎、義大利文學Giuseppe Acerbi獎、法國梅迪西外國小說獎得主。她的重要作品包括《索涅奇卡》、《美狄亞和她的孩子》、《庫科茨基醫生的病案》、《生活的藝術》、《喜喪》及《舒里克真心祝福您》等。

繪者：

弗拉基米爾・柳巴羅夫

俄羅斯著名藝術家、插畫家；他的畫風受到東正教聖像畫的影響，聖像畫一貫的特色就是意欲屏棄肉體的吸引，直達靈魂深度的境界，柳巴羅夫的畫可以說是聖像畫風格的俄羅斯浮世繪。

譯者：

熊宗慧

文化大學俄語系文學學士、碩士，俄羅斯莫斯科大學語言系文學博士，現任教於文化大學俄語系、暨南大學通識教育中心兼任助理教授；著有《當酸黃瓜遇上伏特加》，譯作有《阿赫瑪托娃抒情詩選》。

國家圖書館出版品預行編目資料

包心菜奇蹟／柳德蜜拉・烏利茨卡婭(Lyudmila Ulitskaya)著；
弗拉基米爾・柳巴羅夫（Vladimir Lyubarov）繪；
熊宗慧譯－－初版.－－臺北市：大塊文化，
2006【民95】面；公分.－－（together ；3）
譯自：Detstvo sorok devyat

ISBN 986-7291-98-0（平裝）

880.57 95001302